詩集　農から謝罪

小関俊夫

無明舎出版

詩集　農から謝罪◉目次

農事始め

農事始め

遠く
残雪を抱く
奥羽の山々に
合掌し

田に
スコップを
立てて
田の神を
待つ

田起こし

トラクター
冬眠の田を
ポコポコ
起す

と

空から
お日さま
春を
落す

代掻き

代掻き
終えた
水田に

さざ波に
のって
夕陽が
やってくる

柔らかく
滑らかに
光る土に
仕上げて

もうすぐ
早苗を
迎える

五月

残雪と新緑の
奥羽の山脈が見守る
大崎耕土に生きる者は
幸福者だ

そして

五月の
大崎耕土で
死ねる者は
幸福者だ

水田で
早苗も揺れて
見送る死が
五月にある

田の草取る空

水田にもぐる俺の背に
色々の空が降りては
撫でて過ぎて行く

今日も　花子さん
花寺の水田にもぐっている
花子さんの背に桃色の空が
降りていた

田の神

七月
カラカラ　ズーズー
カラカラ　ズーズーと
除草機を押していて
田の神を掘り起こした

泥にまみれた
手の平にのる石
農道の敷石には大きすぎるので
家に持ち帰って泥を落したら
田の神

有機米を作り始めて
三十五年やっと板橋の田から
田の神があらわれた

溶岩のような石
深く窪んだ目 荒削りの鼻と口
赤い鉄分が鈍り
片目のルンゼが走る

門柱に田の神が
鎮座したら
小さな緑の蛙が
寄りそってねている

八月　稲の出穂雨が

田の神にやってきて
片目のルンゼを流れていく

田の神よ
もう
田に潜りますか

出穂

八月の太陽が
ジリジリ
ジリジリと
稲田に降りてくると
稲は
孕んだ胎内から
止葉をぬけて
出穂
グングン
グングンと
穂は天にのびる

一粒一粒の籾が開き
小さな白い花が咲く

お盆には
家々の稲田は
家々の霊を
花盛りで迎える

猛暑

俺は草刈り休日
今日は
お天道様が
稼ぐ日

水稲に
最大の日光と温度を
浴びせる
水稲は
濃緑の葉を直立させ
根毛は花水を吸収し
最大の光合成で
元気な幼穂を孕む

風に少し揺れて
孕んだ茎を
お天道様に向ける

台風におどる稲

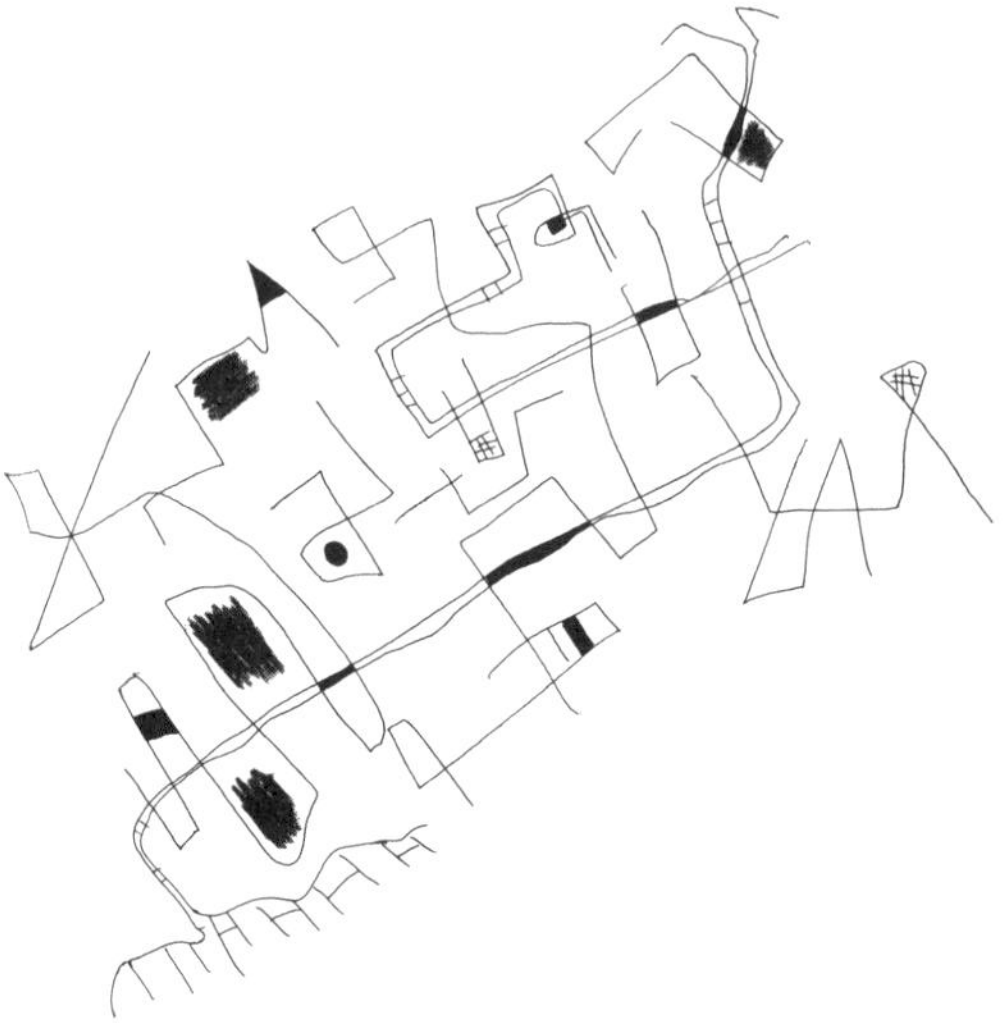

自転車

昨日の雷雨も
今日の風と太陽も
みんなより後れた
我家の稲田のために
やってきてくれた
ような気がして

自転車を飛ばす

一声

『日に三度も
会いに行ったら
倒れた稲も
起きるんじゃないの』

女房の一声

うれしかった
元気になった
ありがとう

小豆と大豆

小豆と大豆

初冬の小春日に
房からはじけて
小豆がころがる
大豆がころがる

柿をつつき
カラスが見おろす
屋根にむれる
スズメが見いる

小豆と大豆
汗だくでころがっていく
小豆が勝か
大豆が勝か
小石をすりぬけ
ころがるころがる
ネズミも走る

二人は草むらにはいった
もうすぐ雪がやってきて
白い布団で二人はねむる
春には
ならんで芽をだす
小豆と大豆

夏風

夏の木々は
最大の葉を繁らせ
風を起す

栗の木は
栗の風を起し
柿の木は
柿の風を起し
桑の木は
桑の風を起し

杉の木は
　杉の風を起す

竹林は
七夕飾りのように
しなり
竹林の風を起す

みんな
混じり合って
居久根の
最大の
夏風を起す

夕暮れの風

シルクのカーテンを
捲あげる風
裸婦を連れてくる

そよそよと
ゆする風
裸婦を愛撫
透かして
乳房を見せる

夕暮れの風は
エロチズム

土壁は
紅く染り
影を映す

満天の星が消えた

少年の時見た
満天の星がない
夕暮れが良かったので
丸太に腰かけ夜空を見上げたが
チョボチョボの星
満天の星が消えた

薪風呂をいただき
布団に入いると
愛犬ラムも布団にもぐる
俺の左腕を枕に
寝息をかく

『ラム今日も田んぼと
一生懸命生きたな』と
お尻をポンポンと撫でてやる
『ラムに満天の星を見せたいから
ちょっと待ってろ
大崎中の電気を消して来るからな』

大崎の空から

大崎の空から
世界の空を一周し
大崎の空に帰る

大崎に生まれ
大崎の呼吸をし
大崎の風土に根を張り
大崎の光合成で
立派に出穂した

稲穂の波から
五穀豊穣を
白い花にのせ
農の平和を
緑の風にのせ

大崎の空の岸
奥羽山脈から
世界の空へ
飛ばす

干し柿

地の気をいっぱい吸い上げ
赤く実る頃
柿は皮をむかれ
軒下につるされる
天の気もやって来て
白壁の風景が始まる

天の気は柿に潜りこみ
渋を食べて遊ぶ
柿は微かな皺をつくり
熟女色に変化する

烏が来る前に

干し柿をいただく
体内で
天の気と地の気が
融合し舞踏する

干し柿のお陰で
厳冬を越えられる

カァチャンを送る歌

ビシバシ　ビシバシ
豆を打つ
パカパカ　パカパカ
豆が跳ねる

バングン　バングン
豆を打つ
ピユンピユン
ピユンピユン
豆が飛ぶ

カァチャン
作業場から
豆打つ歌がきこえるか
俺は悲しみと
感謝の両腕で
豆打つしかない
十一月の曇天に

カァチャン
畑の柿が
真赤に熟れてるよ

カァチャン
庭の臘梅も
蕾を出したよ

カァチャン
今日もニワトリ
三個卵をなしたよ

農家に嫁いだ
カァチャン
豆打つ歌が聞こえるか

カァチャン
きこえるか
カァチャン

二〇一五年十一月二十五日

大豆

クロ豆　チャ豆
ヒデン豆　アオバタ豆
キナコ豆　ミソ豆
ヒヨコ豆　タンバクロ豆

形は球体が多く
円盤の大豆もある

色は日本の四季を織る
小豆が跳ねてきて
秋を強くする

小豆もぎ

小豆を
もぐ手から
斜陽に光る
赤いダイヤモンドが
はじけ飛ぶ
と

「雲は天才である」
啄木の言葉がよぎる
初冬の軒下

雲のユーモア

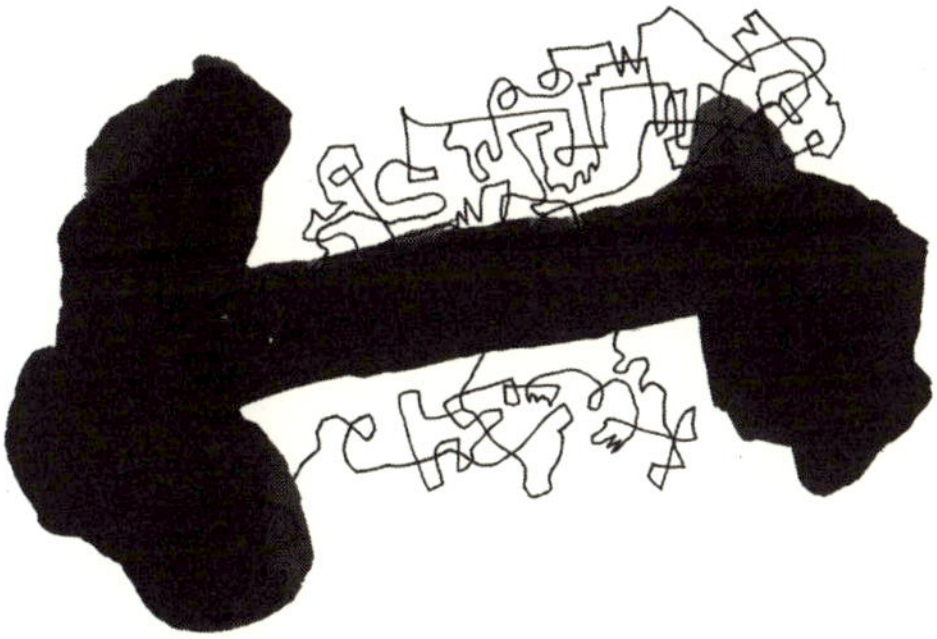

仕事

初冬の
お陽さま

茶豆を
打ち終え
黒豆を
明日に残し

泉ヶ岳の肩に
落ちて行く

籾殻

玄米食べたら
籾殻に
住居を移そう
小さくて固く
軽くて温い
土偶のような住宅

一粒の玄米で
一日を生きる
ニンゲンになり

ミミズ・アリ・スズメ
キツネ・クマみんなと
共生協定を結ぶ

麹穀住宅
籾穀団地の空は広く
夜には
天の川おりてくる

雪の朝

雪がふった朝
ひとりぼっちになった
ウンダンコ柿が
かすかに青い空に
「もうおちる」
と
ウンダンコ柿は
ベシャと
雪におちた

雪がふった朝
ウンダンコ柿は
かすかに青い空に
ほほえみ
雪に
アメーバーのような
赤い花を
咲かせた

ボタ雪

日の出前
灰色とピンクの空から
モソモソとやってきて
たちまち
村を白くした

ボタ雪は
田も畑も白くして
玄関で
今年の農事の
終りを告げる

ボタ雪は
農人を労るように
舞いおりてくる
舞ってはおりて
舞ってはおりて

ボタ雪は
ボタ餅に

長靴

長靴

国や農協は
長靴のいらない農業を
推進するが
俺には
水田に入るのに
長靴が必要だ

水田に入らなければ
農の道が見えない
泥が産む生命と
水稲の共存が見えない

長靴は
農人と共に
歩みつづけてくれる
無言の友

たらふく昼寝

御飯に漬物に煮付
たらふく飯くって
昼寝
炬燵にもぐって
こんな幸福
ここにしかない

榧の大木に
竹林しげる
居久根の離れ

ディラン・レノン
賢治・巽
マックイン・直哉が
張つく襖から
すきま風が
忍びこむ

たらふく昼寝

地球温暖化がくれた
35度の太陽

初めて見る
35度の太陽
水稲は穂も長く
葉は緑濃く
緑の籾が開き白い花が
力強く授精していた

でも
連日35度の太陽が来たら
水稲も熱中症にならないか

農業用水も不足してきた
明日は36度の太陽が来る

人類のエゴが
35度の太陽をつれて来た
地球が病んでいるのに
人は知らんぷり
40度の太陽が来ても
たぶん　人は知らんぷり

40度の太陽を軍服に浴びて
出征していく者に
蛆が湧くのも
もうすぐ

木の性

丸太に鉞を下す
やっと
2/3割った所に
太い節が
黒光りした
男根のように
女陰に
食い込んでいる
鉞が跳ね返される

男根が
傷ついても
離れない
女陰が
離さない

木性

鉞を立てて
居久根の杉を
見上げる

エロスのメロディー

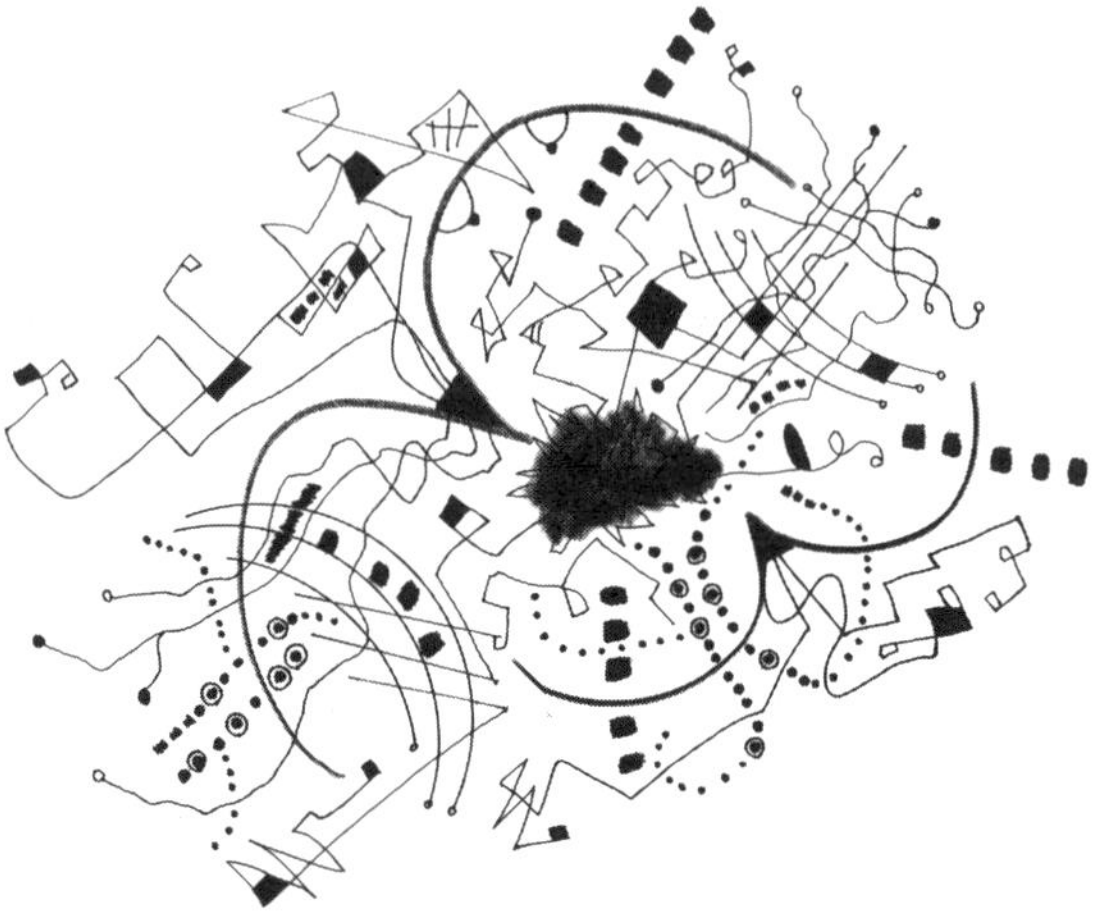

空に経済はない

今年も畦草が茂ってくれて
早朝の草刈りをくれる

露にぬれた草は素直に切れて
仕事もはかどる
蜘蛛の群れが稲田一面に糸を張り
光る水玉のせて空を見ている

空に経済はない

朝陽をうけて草刈る汗にも
経済はない

雪よ

戦争をさせる
悪どもを
雪よ
やむことなく
しんしんと
深く深く
埋葬してくれ

原発を売る
悪どもを
雪よ
やむことなく

しんしんと
深く深く
埋葬してくれ

遺伝子操作する
悪どもを
雪よ
やむことなく
しんしんと
深く深く
埋葬してくれ

草木を
あたたかく
抱きしめて

ベタ雪

午前の粉雪は
午後にはベタ雪となり
全てを白く被った

細かい凸や凹を平にし
ふんわりと滑らかな面の
立体に仕上げてゆく
アルプの彫刻のように

杉は主張する
ジャコメティの彫刻の
微かな出っ張りに
雪の塊をボソボソ置いた
フォルムで立っている

白黒の電線は
カンディンスキーの絵のように
灰色の空を縦横に切りまくる

ベタ雪で撓る
竹林の造形は華道を
寄せつけない

師走の家

朝早くから
百姓は稲藁をすき
雪ふきこむ土間で
機織るように米俵つくり
隣で牛馬が
煙のようなでっかい息をはく
馬糞牛糞から湯気があがる
百姓の凍える体が
すこし火照った

早い夕暮れに
稲藁と米糠と乾した大根葉を
まぜた夕餉を牛馬にあたえ
雪降る庭を
竹箒で掃いていた

師走の家に
もどれないけど
師走のホームには
なりたくない

おやじの足のにおい

おれが二十歳の頃
七月のあつい日
おやじとおふくろとおれとで
田の草取り
稲も青々と大きくなっていた

畦にあがり三人で一服
おやじが長靴をぬぐと
おやじの足から
くさいくさいにおいがただよう

足の汗と泥がとけあったような
はじめてかぐくささだ
でも
おやじから逃げなかった
くさくてくさくて
おふくろを向いたら
このくささになれているのか
平気な顔をしている
稲には肥のようで葉をゆらす

農業を引退した
おやじの足から
くさいくさいにおいが消えた

おれが四十歳の頃
七月のあつい日
女房と二人で田の草取り

畦で一服すると
おれの足からくさいにおいが
プンプンしてきた
じっくりにおいをかぐと
おやじの足と同じにおいだ
農人の証かと思い
うれしくなった
くさいくさいにおいが香水のようだ

泥と長靴と農人の足が
つくるくささ

夏だけかげるくささ
稲が花咲くまで
青田をつつむ
夏稲香

二〇一七年一月一日
農業共済新聞「踏み越えた先に見える」
原田泰治によせて

船形山

船形山

奥羽山脈に船形山が
いてくれるから
俺は大崎耕土で
米をつくり
俺は生きられる

いつも船形山が
いてくれるから
俺は早苗の産土に
いつでも帰れる

雨の森

暗い森
白い花々雨に濡れる
栃・桂の巨木
雨に立つ

樺・魔法のような
白い泡つくる樹幹流

卯木・雨の森に
桃色そえる

二月の晴れた

達古森のお昼

浅雪の達古森
春めいたお陽さま
ほんのり色に包む

楢・櫟・松
みんな　みんな
お陽さまににこにこしている
たまに吹く風に枝々を揺らし
お陽さまに踊る

達古森の雲
ポッンポッンと小島のように
青い空に浮いていて動かない

櫟を背に座り
曲げわっぱ弁当を広げる
海苔弁に
玉子焼き・白菜の漬物
春巻きに苺
陽だまり弁当
空と木々と
一緒にいただく
落葉の雪が水玉になる
達古森のお昼

玉城寺原演習場から
パンパンと
玩具の鉄砲のような
無邪気な音が
聞こえてくる
パンパン・パンパンと
鉄砲までも
陽気に遊んでる

遠くに奥羽の山脈が
白く光る
二月の晴れた
達古森のお昼

満月と白蛇

満月をとりに行こう
みんなに内緒で
船形山の天辺で
待伏せしよう
這松に潜っていれば
みつからない

里で
田植が終わると
蛇ヶ岳の白蛇が
満月に帰る

白蛇にのって
満月を
とりに行こう
日取りは
六月初旬

熊笹

新雪がおりてきて
強風がやってきて
はげしく熊笹をゆする

葉ずれの音は回ったり
上ったり下ったりして
唐松林をぬけていく

熊笹音楽隊
交響曲「冬の歓喜」

ぽっかりあいた青空から
光線にのって
風神がおりてきた
風神の指揮棒は
ぐるぐる回転し
冬の歓喜は
最高潮に

眠る雑木林が
起立する

巨木

吹雪の闇夜が
森に
降りてくる

ざわめき
うなり
うづくまり
走り
転がる森を
巨木たちは宥め

岩倉に眠る
身籠る母熊を
吹雪の闇夜を
透視し
見守り
温める

森の
朽ちる
巨木たち

謝罪

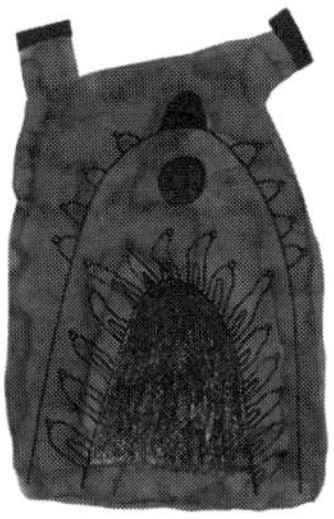

謝罪

戦争・原発を
悪魔に返し
地球の生物
全員に
謝罪しよう

地に
平伏して
謝罪しよう

人類の
悲しき性を
背負い

空に

明日が
来てくれるように
祈ろう

文殊菩薩

人類の
愚かな知恵が
産み出した
原子力発電所

チェルノブイリで
福島で爆発しました
天地も放射能で汚れ
ミミズもヒトも
みんな
苦しみの中で
死んでいきます

文殊菩薩様
万物の為に
原子力発電所を
止めてください

そして
真の知恵を
人類に
授けてください

ハッタギ

ハッタギの群れが
飛び跳ねる風景はもうない
ハッタギのいない田は
痩せていく
トンボもいなくなり
ますます田は痩せていく

偽の減反廃止

戸別所得補償金を廃止
減反補助金も廃止する
飼料米に多額の補助金を出し
主食米を下落させる
農政は農家を潰し
田畑を企業に譲渡する

農民は農地を離れ
どこへ行く

真の減反廃止

日本が米文化に帰る
昔の水田風景が蘇り
畑には麦秋もやってきて
食糧自給率が上がる
農民も増て米の増産時代も来る
そして
貧しい国々にお米を贈る

瑞穂の日本を
世界は待っている

奥羽山脈に涙する女

福島原発事故後
ある会報に車窓から
「奥羽山脈の山々を見て
涙があふれて止められなかった」
という一文があった
彼女は放射能測定しながら
福島の有機農家を
援農している

俺は奥羽山脈に感謝と
畏敬の念を抱いて

田に立って
奥羽山脈に沈む夕陽に涙するが

彼女の涙は

蕪伐採も止まり
奥羽山脈に平安が訪ずれ
森林再生が始まった矢先
原発事故で放射能が降り注いだ
山菜・茸・岩魚等出荷停止
追い討ちかけるように
奥羽山脈が
指定廃棄物最終処分場の
候補地に上がる

奥羽山脈の恵みで
生かされてきた人々が
経済という名のもとに
平気で奥羽山脈を殺す
原発は「感謝と畏敬」を
「罪と罰」に変える

今日も
奥羽山脈は
いつものように聳えている
原発事故がなかったかのように

しかし
マナコをなくした人よ

奥羽山脈の
悲哀の涙が
見えないか
鳴瀬川を溢れん
ばかりに流れていくよ

奥羽山脈に
涙する女の涙は
謝罪の涙か

国家権力

農政は
地域農業の発展を掲げ
農家から農地を集約
法人へと集積する
法人の崩壊を前提に
莫大な税金を投入し
企業へと流す

農業・農地
農家・農協から
農を取る
国家権力
多国籍企業の為の
整理・整頓

そして
不毛の地から
戦争へと
突進する

自爆

ブリュッセル空港を歩く
ＩＳ三人の写真
二人は兄弟
並んで歩いている
これから
自爆テロに行く
三人の顔に
死神は見えない

地球を破壊する人類も
自爆で終るのだから
テロリストよ
急ぐな

自爆の前に
種子を蒔け
芽が出たら世話しろ
もう逃げられない
大地から
逃げられない

空の反乱

孫が　小雨の空を見上げて
「うすきみ悪い雲だ」と言った
私も　そう思っていた

黒雲でなく
頭が白く胴体が灰色で
手足がなく
新種の生物のような雲
整然と隊列を組んでいる
雲の軍隊だ
今にも襲ってくる
恐怖の空

いつか
来ると思っていた
空の反乱
もう
逃避できない
空の反乱
今日は
偵察で良かった

セシウムが美味い

夕陽が沈む前のビールのお供に
奥羽の山から届いた岩魚と山菜

新緑に映える
残雪の渓に想いをはせ
いただきます

セシウムが美味い

東京電力会社に
感謝

陽は昇る

今日も陽は昇る
ベラルーシにも ウクライナにも
ロシアにも 福島にも

汚れた大地に陽は昇る
屍の山に陽は昇る
無常にも陽は昇る

チェルノブイリの犯罪から

夏の風

夏の風に
牧草が広くざわめき
牛を追う婦人のスカートを
大きくもちあげる
美しくも
悲しい
ベラルーシの風景

チェルノブイリの犯罪から

ワンワン

人類の罪を
原子力発電所に
押しつけるな

原発事故は
人類への罰

放射能被曝した
人と犬が
涙を流し
みつめあう
犬の手が
人の胸におかれ
時が流れた

涙が枯れて
寝台も消えた
ワン
ワン

チェルノブイリの犯罪から

あたりまえの生活

牛を放牧し
ジャガイモを植え
キノコをとり
ベリーをつまみ
ベラルーシの農村は
豊かな大地の恵みで
生きてきた

チェルノブイリ原発事故後
すべてが狂った

牛乳がのめない
ジャガイモを
植えてはいけない
キノコもベリーも
とってはいけない
でも食べなければ
生きられない

内部被曝

大地と生きてきた
あたりまえの生活が
死にみちびく

チェルノブイリの犯罪から

青い空

子供が遊ぶ　森を
子供が遊ぶ　川を
とどけよう

子供が手伝う　田畑を
子供が手伝う　牧草地を
とどけよう

放射能のない
青い空をつれて

チェルノブイリの犯罪から

写真の空

青い空を
見上げ

チェルノブイリの空
福島の空は
青いだろうか

きっと
青い

でも
空だろうか
生物を
包みこむ
空だろうか
ただ
青いだけの
写真の空
かも

チェルノブイリの犯罪から

さようならの孤独

戦争で
人を殺し終える人
殺されて終える人
祖国を追われ
難民にされる人
さようならの孤独

原発事故で殺される人
避難の地で
月に涙する人

都市で
光のページェントにうかれる人
さようならの孤独

経済優先で
富裕層に登り上がる人
カジノに溺れる人
貧困格差に苦しむ人
公害に病む人
さようならの孤独

人類の
遺伝子操作は
神への冒瀆

人類は
自滅の道へ
さようならの孤独が
泣いている

太陽は
東から昇り
西へ沈む
地球の日常

それも
さようならの孤独が
逃げない期間

空に

タヌキ　キツネ
ウサギ　クマ
空　空　空に

ウナギ　ナマズ
アユ　ドジョウ
空　空　空に

ヘビ　ネズミ
カエル　トンボ
空　空　空に

サンマ　イワシ
カツオ　クジラ
空　空　空に

山　川
田　海
空　空　空に

ひっこした

みんなも
ひっこすらしい
空　空　空に

ヒトは
空もよごすから
おいていくらしい

ボブ・ディラン

現実から抽象へ上昇
抽象から現実へ下降
くりかえし
くりかえす

ボブ・ディラン

まなざしは
地をはい
空をはい

帰える家はないけど
花に宿り
雲に宿る

ボブ・ディラン

風船のような女が
戸を開けて
ふふふ　ふふふと笑い
くわえ煙草の
ボブディランに入っていく

No Direction Home

あとがき

東京電力福島第一原子力発電所の
事故から六年
戦争の反省がなかったように
日本国は
原発事故の反省もなく
忘れさせようとしています
福島の人々を顧みず
安倍政権は原発輸出に原発再稼と
国民の生命より
経済優先が大切なようです
金子勝氏（慶応大学経済学部教授）は
原発から手を引かないと
日本経済は行きづまると言っています

国民は原発よりも平安な日常を求めているのに
平安を支えるのは第一次産業だと思います
私は農人として『農から謝罪』を出版しました
安倍甲さんは私の思いを汲み取ってくれるので
今回の詩集も無明舎出版にお願いしました

著者略歴

小関 俊夫 （こせき としお）

1948 年 宮城県大崎市三本木に生まれる
1983 年 船形山のブナを守る会世話人代表となり、現在にいたる
2011 年 『詩集　稲穂と戦場』（無明舎出版）
2013 年 『詩集　村とムラ』（無明舎出版）
2015 年 『詩集　農で原発を止める』（無明舎出版）

詩集　農から謝罪

定価［本体一六〇〇円＋税］

二〇一七年三月十日　初版発行

著者　小関俊夫
発行者　安倍甲
発行所　㈲無明舎出版

秋田市広面川崎一一二―一
電話／(〇一八)八三二―五六八〇
FAX／(〇一八)八三二―五一三七

印刷・製本　シナノ

ISBN978-4-89544-630-3